ALFAGUARA

ALFAGUARA

Título original: *NORBERT NACKENDICK*
© Del texto: 1986, K. THIENEMANNS VERLAG, STUTTGART
© De las ilustraciones: VIVÍ ESCRIVÁ
© De la traducción: 1986, REGINO GARCÍA BADELL
© 1986, Ediciones Alfaguara, S. A.
© De esta edición:
   2002, Santillana Ediciones Generales, S. L.
   1995, Grupo Santillana de Ediciones, S. A.
   Torrelaguna, 60 28043 Madrid
   Teléfono 91 744 90 60

•Aguilar, Altea, Taurus, Alfaguara, S. A. de Ediciones
Beazley, 3860. 1437 Buenos Aires
•Aguilar, Altea, Taurus, Alfaguara, S. A. de C.V.
Avda. Universidad, 767. Col. Del Valle, México D.F. C.P. 03100
•Distribuidora y Editora Aguilar, Altea, Taurus, Alfaguara, S. A.
Calle 80, nº 10-23. Santafé de Bogotá-Colombia

ISBN: 84-204-3719-0
Depósito legal: M-41.333-2002
Printed in Spain - Impreso en España por
Unigraf, S. L., Móstoles (Madrid)

Primera edición: 1986
Sexta edición: octubre 2002

Diseño de la colección:
JOSÉ CRESPO, ROSA MARÍN, JESÚS SANZ

Editora:
MARTA HIGUERAS DÍEZ

Norberto Nucagorda

Michael Ende

Ilustraciones de Stella Wittenberg

INFANTIL

ALFAGUARA

Erase una vez un rinoceronte llamado Norberto Nucagorda.

Vivía en medio de la vasta estepa africana, en las cercanías de una charca, y era desconfiado. Bueno, ya es cosa conocida que todos los rinocerontes son desconfiados; pero en el caso de Norberto esa circunstancia iba, sin duda, más lejos de lo habitual. Hacemos bien —solía decirse Norberto— en ver un enemigo en cada uno de los demás; así, en todo caso, no se lleva uno sorpresas desagradables. El único de quien me puedo fiar soy yo mismo. Esta es mi filosofía.

Estaba orgulloso de tener, incluso, una filosofía propia, pues ni siquiera en ese punto quería fiarse de ningún otro.

Como se ve, Norberto Nucagorda no era demasiado exigente en el aspecto espiritual. En cambio, en el aspecto físico era poco menos que inexpugnable. Tenía al lado izquierdo una plancha acorazada, y otra al lado derecho, una delante y otra detrás, una arriba y otra abajo; en pocas palabras, tenía planchas defensivas en cada sitio de su voluminoso corpachón. Y, como arma, no le bastaba un cuerno en la nariz, según suele tenerlo la mayoría de sus congéneres; él poseía dos: un cuerno grande, situado sobre la punta de la nariz, y uno más pequeño, de reserva, más atrás, para el caso de que el grande no le fuera suficiente. Ambos cuernos eran puntiagudos y afilados como cimitarra de turco.

Uno hace bien —decía Norberto Nucagorda— en estar siempre prevenido para lo peor.

Cuando avanzaba pesadamente por su senda habitual a través de la estepa, todo el mundo hacía un rodeo en el camino. Los animales pequeños le tenían miedo, y los grandes, por prudencia, evitaban encontrarse con él. Hasta los elefantes preferían hacer un desvío en su ruta, pues Norberto era un cascarrabias de mucho cuidado, y por menos de nada entablaba una pendencia. Además, su conducta iba empeorando de día en día.

Al final, sólo bajo peligro de muerte podían llegar a la charca los demás animales cuando necesitaban aplacar la sed. A las crías de las distintas especies no les era posible jugar allí ni bañarse; los pájaros no podían ya ni cantar, porque inmediatamente aparecía Norberto Nucagorda encendido de cólera, pisoteaba y revolvía todo, y gritaba que le habían atacado a él.

Las cosas, en fin, no podían seguir de aquel modo; en esto estaban todos de acuerdo. Así fue que los animales convocaron una asamblea para deliberar sobre lo que cabía hacer. Y para que todos, efectivamente, pudieran tomar parte en las conversaciones, cada cual hizo solemne promesa de comportarse de manera pacífica y sosegada, pues, como es natural, había muchos que no mantenían entre sí una amistad demasiado estrecha.

En la noche convenida se reunieron, pues, todos en el fondo de un pequeño valle, que se encontraba a varias millas de distancia, para poder hablar con toda calma y sin ser molestados por Norberto Nucagorda.

El león Ricardo Rugerronco, que había de ostentar la presidencia, ascendió a una roca:
—¡Silencio! —gritó con voz recia en medio del general gruñido, balido, graznido y berrido.

Inmediatamente se produjo el silencio.

—Con brevedad y sin circunloquios —prosiguió el león, pues aborrecía los largos discursos—, todos sabéis de qué se trata. ¿Quién tiene alguna propuesta que hacer?
—¡Yo! —gruñó el jabalí verrugoso, Bertoldo Buenascerdas.
—Habla —refunfuñó Ricardo Rugerronco.
—La cosa es muy sencilla —explicó el jabalí verrugoso—. Nos reunimos todos y nos lanzamos a un

mismo tiempo contra el rinoceronte. En un abrir y cerrar de ojos, le golpeamos hasta dejarlo planchado como una tortilla; luego, lo enterramos, y renace la calma.

—Perdone usted, querido —barritó una señora elefanta de cierta edad—, perdone, pero ese plan demuestra muy bajos sentimientos. ¡Todos contra uno...!
Aída Tiernatrompa, que este era el nombre de la dama, se abanicó, enojada, con sus gigantescas orejas.
—Protesto —dijo— en nombre de la dignidad animal contra la propuesta del señor Bertoldo Buenascerdas. Desde el punto de vista ético, esa proposición es reprochable y abyecta.
—¡Eh! —gritó enfadado el jabalí verrugoso—, abyecto es el propio Norberto Nucagorda. Hay que comportarse con él de la misma manera.
—Tan bajo —contestó con toda dignidad Aída Tiernatrompa— no quisiera caer. Usted, señor Buenascerdas, no tiene clase. Y, además, Norberto Nucagorda no se dejará tan fácilmente planchar como una tortilla..., por usar la expresión de que usted ha gustado servirse. El, naturalmente, se pondrá a la

defensiva y planchará a alguno de los respetables
oyentes, si no es que lo ensarta con el cuerno.
—Bueno, claro está —gruñó Bertoldo Buenascerdas—,
con víctimas hay que contar.
—Quien tenga ganas de figurar entre las víctimas
—continuó Aída Tiernatrompa—, que dé un paso al
frente.

Nadie dio un paso al frente, ni siquiera Bertoldo
Buenascerdas. La señora elefanta inclinó
significativamente la cabeza y dijo tan sólo:
—Pues ahí tienen ustedes.
—La propuesta de Bertoldo Buenascerdas queda
rechazada —rugió el león—; por favor, el siguiente.
Ahora se adelantó un viejo marabú, cuya cabeza, calva
de tanto meditar, presentaba ya un aspecto algo
mohoso. Era el profesor Eusebio Perforalodos. Este se
inclinó ante toda la concurrencia y empezó así:

—Muy respetable público, queridos colegas: ¡Ejem! En mi absolutamente decisiva opinión, el presente problema puede sólo resolverse de un modo y manera patomelanzánicos, ¡ejem!... Como ya he demostrado en mi mundialmente conocida obra sobre la acifoplasis cataclística de las escleptotomías debrófilas...

Un suspiro corrió por la asamblea, pues todos sabían que el profesor Perforalodos hablaba siempre muy extensamente y de forma incomprensible, incomprensible no por causa de sus órganos graznadores, sino, ante todo, por su modo de expresión altamente científico.
—Resumo, pues —concluyó tras un considerable espacio de tiempo—. En el caso de Norberto Nucagorda se trata de la llamada psimulación urebolánea específica de la enfisis caurepatomalística, la que, con seguridad, y mediante comunicación semántica, puede ser simboturmida e, incluso, enteramente extrospinatizada.
Se inclinó y quedó, visiblemente, a la espera de una ovación, que, por cierto, dejó de producirse.
—Muy interesante, querido profesor —dijo Ricardo Rugerronco, y trató de contener un bostezo manteniendo negligentemente la zarpa ante la boca—, muy interesante, pero ¿podría usted quizá decir en palabras sencillas a los profanos que hay entre nosotros qué debemos hacer?
—Sí, pues... ¡ejem!... es ciertamente difícil —graznó titubeante el marabú, y se rascó con la garra la mohosa cabeza—; he explicado que... ¡ejem!..., por así

decirlo, formulado en estilo popular... ¡ejem!..., que
haría falta hablar una vez en son de paz con el
rinoceronte, que debería explicársele... ¡ejem!... en tono
amistoso lo infeliz que él mismo, en verdad, se siente
por ser como es.

—Trate usted de hacerlo —gritó la hiena Margarita
Muchagrima, y soltó una risotada.

—Mi vida —dijo el profesor en tono severo— está
consagrada a la pura investigación. La ejecución
práctica... ¡ejem!... la dejo, naturalmente, en manos de
otros.

Con esto quedó rechazada también la segunda
propuesta. El profesor Eusebio Perforalodos sacudió
ofendido las alas y se dirigió a su puesto meciéndose
ufano sobre las delgadas zancas.

A continuación hizo uso de la palabra una ardilla de
tierra, que estaba rodeada de su numerosa parentela y
tenía por nombre Hércules Saltalotodo.

—¿Qué tal estaría —dijo con vocecita chillona— que caváramos una trampa? El rinoceronte cae dentro, y allí se queda para siempre jamás... o hasta que mejore su conducta.

—¡Hum! —hizo el león, en son de mofa—, ¿dónde quieres tú excavar esa trampa?

Hércules Saltalotodo se escupió en las patitas con aire emprendedor, y repuso con un agudo gritito:

—Pues, naturalmente, allí donde el mozo da sus paseos a diario. El es un animal de costumbres y recorre siempre el mismo camino, siempre la misma senda.

—¿Y cuánto tiempo —inquirió Ricardo Rugerronco— necesitas para abrir un hoyo en el que quepa el rinoceronte?

Hércules Saltalotodo hizo un rápido cálculo de memoria y dijo luego:

—Aproximadamente diez días, por lo menos, o más.

Otra vez soltó la risotada la hiena Margarita Muchagrima; lo hizo a su manera, tan desagradable, y gritó:

—Y entretanto, pensáis, Norberto estará allí al lado mirándoos pacíficamente. Os atravesará con el cuerno, o bien os aplastará con las patas. Eso es lo que hará. En todo caso, no caerá en vuestra trampa. Ni siquiera él es tan tonto.

Ricardo Rugerronco sonrió con un gesto teñido de encono y se limitó a mover la zarpa en señal de despedida, tras de lo cual Hércules Saltalotodo se retiró cabizbajo.

Siguieron todavía una docena de nuevas proposiciones

de otros animales, pero, luego de examinar
atentamente cada una de ellas, se evidenció que
ninguna era realmente practicable. Al final, un silencio
desolador se extendió por la asamblea.

En esto salió la gacela Dolores Todatemores, miró a
los presentes de uno en uno con los ojos humedecidos
por el llanto y dijo muy bajito:
—Así que sólo nos queda una solución: hacemos un
atadijo con nuestras cuatro cosas y partimos hacia otra

comarca, donde estemos a salvo de Norberto Nucagorda.

—¿Huir? —rugió Ricardo Rugerronco, y lanzó a la pobre Dolores una mirada tan encendida e iracunda que aquélla estuvo a punto de perder el sentido—; ¡eso, ni pensarlo!

Pero, apenas había terminado de hablar, cuando empezó a oírse un extraño fragor que, desde la lejanía, iba acercándose por momentos; era un resoplar y gruñir, un rechinar y patear, un astillar y retumbar, como si un terremoto se dirigiera hacia el punto de la reunión. Y en seguida resonó el furioso bramido de Norberto Nucagorda:

—¡Ah, vosotros, alevosa banda! ¡Ahora sí que os he pillado! ¡Ah, qué tonto me consideráis! ¿Creéis que no me doy cuenta de que a mis espaldas estáis tramando planes de ataque? ¡Pero tendríais que madrugar más! ¡Ahora os voy a enseñar, de una vez por todas, lo que significa desafiarme! ¡Ahora os voy a arreglar las cuentas!

Pero, alabado sea Dios, Norberto no pudo hacer verdad esa amenaza, pues cuando llegó a la hondonada del valle no se veía por allí ni un solo animal. El mismo león, y también los elefantes, habían preferido, a toda prisa, dejar libre el campo. El rinoceronte tuvo que conformarse con destrozar algunas palmeras, reduciéndolas a astillitas del grosor de una cerilla, por desahogar contra algo su rabia. Luego empezó a trotar hacia casa bajo la noche de luna y, de camino, a través de la estepa, iba lanzando broncos bramidos en todas direcciones:

—¡Ay de aquel que vuelva a dejarse ver por aquí! ¡Mi paciencia se ha agotado! ¡De cada uno que pille voy a hacer carne picada, de cada uno! ¡Tomad nota de esto, cobardes, banda alevosa!

Estas palabras no dejaron de producir duradera impresión en todos cuantos las oían, pues nadie ponía en duda que el rinoceronte haría buenas sus amenazas. Podía achacársele más de una cosa, pero no la falta de consecuencia.

Muchos animales, sobre todo los mansos y menos capaces de defenderse por sí mismos, consideraban si la gacela Dolores no estaría tan lejos de tener razón, y, aquella misma noche, emigraron con sus familias hacia

otras regiones donde hallarse a seguro de Norberto Nucagorda. La noticia se propagó velozmente; otros animales se sumaron a la decisión, y cuantos más se iban tanto más acometía el miedo a los pocos que aún quedaban. Por último, también Ricardo Rugerronco estimó que él solo no podría hacer nada contra el enfurecido rinoceronte, y una noche se puso en viaje con su esposa y sus tres cachorros.

Y ahora, a lo largo y a lo ancho, no quedó allí nadie. Aparte de Norberto Nucagorda.

Y de alguien más.

Ese alguien, sin embargo, estaba ya acostumbrado a que casi nunca se contara con él, en primer lugar porque era muy pequeño, pero, en segundo lugar, porque ejercía una profesión que todos, ciertamente, tenían por útil y grata, mas que, al mismo tiempo, juzgaban tan poco fina que ni siquiera estaba bien mencionar a aquel sujeto.

Se trataba de Carlitos Cazabichos, el bufago. Era un pajarito que ostentaba un pico de color rojo chillón y muy impertinente. Vivía de pasearse por los lomos de los búfalos, elefantes e hipopótamos, de subir y bajar por sus flancos y de sacar a picotazo limpio toda clase de sabandijas que allí se hubieran instalado.

Carlitos Cazabichos estaba, pues, allí. Todavía. El no tenía miedo de Norberto Nucagorda, pues era demasiado diminuto y demasiado ágil como para que el rinoceronte le hiciera algo. Pero le fastidiaba que Norberto le hubiese ahuyentado toda su clientela, y por ello había ideado un plan con el fin de, a su manera, acabar de una vez con el rinoceronte.

Con tal intención voló hacia él, se posó en el cuerno
anterior, el cuerno grande que se alzaba en la nariz de
Norberto, afiló allí su descarado pico y le gorjeó muy
suave:

—Ea, ¿qué tal se siente uno como vencedor?
Norberto bizqueó enfadado, mirando hacia arriba, y
rezongó:

—¡Fuera de ahí! ¡Exijo respeto! ¡Desaparece, y a toda
prisa!

—Poco a poco, poco a poco —dijo Carlitos—.
Estamos en que ya eres soberano único y absoluto,
Norbertín. Has alcanzado, real y verdaderamente, una
gran victoria. Pero ¿no echas en falta algo?

—Nada, que yo sepa —gruñó Norberto.

—Sin embargo —dijo Carlitos—, una cosa te falta
todavía, una cosa que, necesariamente, debe tener todo
vencedor y todo soberano: ¡un monumento!
—Un ¿qué? —preguntó Norberto.
—¿Sabes? —gorjeó insinuante Carlitos—, un vencedor
o un soberano que no tiene monumento no es de veras
vencedor, o soberano de veras. Por eso, en todos los
sitios del mundo a los personajes tan importantes
como tú se les erige un monumento. Tú también
deberías tenerlo.

Norberto miraba fijamente, absorto, como siempre que
reflexionaba con insistencia sobre algo. Ese pájaro, sin
duda alguna, tenía razón. El, Norberto Nucagorda, era
vencedor y soberano, y, ante todo, un personaje
importante. Y en cuanto al monumento, también
quería tenerlo.
—Y ¿dónde se consigue una cosa así? —preguntó al
cabo de un rato.
Carlitos Cazabichos se sacudió el plumaje.
—Bueno..., en tu caso, eso es difícil, naturalmente,

porque ya no hay por aquí nadie que pueda erigírtelo. Así que habrás de hacértelo tú mismo.

—Y ¿cómo? —indagó Norberto.

—Para empezar, debe ser lo más parecido posible a ti —dijo Carlitos—, para que se vea bien claro de quién es el monumento. ¿Puedes tallarlo tú mismo, o esculpirlo en piedra?

—No —reconoció Norberto—, no puedo.

—¡Qué lástima! —exclamó Carlitos—; pues entonces no puedes tener monumento.

—Pero yo quiero tenerlo —gruñó Norberto enojado—, ¡a ver si piensas en ello!

Carlitos hizo como si reflexionara profundamente, y empezó a pasearse arriba y abajo por la cabeza de Norberto, con las alas cruzadas atrás.

—Acaso hay todavía una posibilidad —dijo finalmente—, pero me temo que sea demasiado fatigosa para ti...

—Para mí —resolló Norberto con impaciencia—, nada es demasiado fatigoso. Así que ¡habla de una vez!

—Tú mismo tienes que ser tu monumento —dijo Carlitos.

—¡Ajá! —gruñó Norberto, y volvió a quedarse absorto con la mirada fija. Necesitó un buen rato hasta comprender la propuesta de Carlitos, pero la propuesta terminó gustándole. Se puso, casi, de buen humor.

—¿Qué es, pues, lo que he de hacer? —preguntó.

—Tienes que subirte —dijo Carlitos— a un alto pedestal, de manera que se te vea desde bien lejos. Y luego debes permanecer quieto, como si estuvieras fundido en bronce, ¿comprendes?

—Claro —gruñó Norberto, y comenzó a trotar. No lejos de allí se alzaba sobre la estepa un enorme bloque de roca. Norberto trepó hasta arriba y adoptó una postura solemne. Carlitos, a distancia, iba dictaminando desde todos los lados:

—¡Algo más levantada la pata trasera izquierda! —gritaba—, ¡así está muy bien! ¡Ahora la cabeza un poco más alta! Tienes que mirar soberbio y victorioso hacia la lejanía.

—Pero es que soy miope —refunfuñó Norberto.

—Así miras precisamente hacia el futuro —repuso Carlitos—; además, es enteramente igual, porque un monumento no tiene que ver, sino ser visto. Así estás fabuloso. Haces un efecto imponente. ¡Alto! ¡Ahora ya no hay que moverse nada!

Voló hasta Norberto y se posó otra vez en su cuerno mayor.

—Ahora tienes todo cuanto un soberano ha de tener —dijo—: hasta un monumento, como es debido, ¡y qué monumento! Todos, sin falta, habrán de envidiártelo. Todas las generaciones venideras levantarán la mirada hacia ti con admiración y susurrarán reverentes tu nombre, ¡Norberto Nucagorda! A menos, naturalmente, que te derriben, a ti o a tu monumento; pero eso sería lo mismo.

El rinoceronte, que en efecto no debía ya moverse, bizqueó preocupado hacia Carlitos Cazabichos y murmuró sin menear los labios:

—¿Qué es lo que significa eso?

—Bueno —gorjeo Carlitos con tono divertido—, a veces ocurre que los soberanos resultan derribados; por ejemplo, a causa de una revolución. Y cuando un soberano es derribado se derriba también, como es natural, su monumento. Porque si uno derribara el monumento de un soberano que no ha sido derribado, aquél, naturalmente, iría en seguida a la cárcel, o sería ejecutado. A menos que escapara a tiempo.

—Un momento —dijo Norberto—, ¿cómo era eso?

—¡Ah! —repuso Carlitos, como de pasada—, no te preocupes por eso, gordito. ¿Quién va a derribarte ya a ti? O a tu monumento, que, como dijimos, es la misma cosa. A menos que te derribes tu mismo.

—¿Cómo así? —preguntó Norberto turbado—, ¿qué es eso de a menos que yo mismo...?

—Si tú, por ejemplo, te bajas del pedestal —respondió Carlitos—, entonces has derribado tu monumento. O eres todavía soberano, o no. Si te has derribado como soberano, tienes que ejecutarte, porque eso es lo usual en las revoluciones. Pero si sólo has derribado tu monumento, entonces tienes que ejecutarte, porque todavía eres soberano. A menos que escapes a tiempo, antes de que tú mismo hayas podido tomarte preso. Está bien claro, ¿no es verdad?

—Maldita sea —murmuró Norberto—, tan difícil no me lo había imaginado.

—Bueno —dijo Carlitos—, por eso ocurre que sólo a los más destacados personajes se les dedican monumentos. Pero tú tienes suficiente tiempo para reflexionar a fondo sobre todas esas cuestiones. Que te vaya bien, gordito. Yo me voy a buscar también otro país donde poder continuar el ejercicio de mi profesión con más perspectivas de éxito. Porque sólo contigo no me basta, desgraciadamente, para quedar harto.

Con estas palabras salió volando el pájaro, y su gorjeo resonó como una aguda carcajada.

Pero Norberto Nucagorda permaneció allí, como monumento de sí mismo, y no osaba moverse.

Llegó la atardecida,
llegó el claro de luna,
llegó el amanecer
y el mediodía ardiente.

Norberto seguía allí en pie, como fundido en bronce, y miraba orgulloso y vencedor hacia el futuro, pese a que era miope. Estaba orgulloso de tener un monumento.

Y así continuó durante muchos días y noches, y permanecía largamente absorto. Hubiera dado mucho por verse a sí mismo alguna vez, ya que no había allí nadie que le admirara. Ciertamente, ofrecía una estampa majestuosa.

Pero, poco a poco, empezó a sentir apetito, un enorme apetito, un apetito, en verdad, insoportable.
Si descendiera rápidamente —pensó— y tomara un buen bocado de hierba... No hay nadie que pueda verlo.

Pero en aquel instante sintió un gran horror de sí mismo. Es decir, que, en efecto, había estado a punto de derribar su propio monumento o, mucho más aún, de derribarse a sí mismo en cuanto soberano. O ¿cómo era aquello? Empezó a cavilar.

Llegó la atardecida,
llegó el claro de luna,
llegó el amanecer
y el mediodía ardiente.

Norberto estaba allí, en pie, y trataba de poner en orden sus pensamientos.
Si descendía, entonces se derribaba a sí mismo, de una manera u otra. Si se derribaba como monumento, entonces debería tomarse preso a sí mismo y ejecutarse. A menos que huyera oportunamente, antes de que el soberano advirtiera algo de ello. Pero eso no podía ser. Si se derribaba como soberano, tendría que

huir de sí mismo en calidad de rebelde; si no, se encerraría a sí mismo y se ejecutaría. Pero ¿podría huir sin que él mismo lo notara? Tampoco eso podía ser. Así pues, en todo caso, debía permanecer allí, sin moverse; de lo contrario habría una desgracia: de un modo o de otro.

Pero como su desesperado apetito no disminuyó ni una pizca con aquella decisión, Norberto Nucagorda empezó, lentamente, a volverse aún más desconfiado: desconfiado de sí mismo. Al final, ¿vendría a ser él mismo su enemigo más peligroso? ¿Es que no lo había notado hasta ahora? En todo caso, resolvió vigilarse atentamente y no quitarse ojo ni por un segundo, ni siquiera durante el sueño. ¡Ajá, iba a aclarar, de una vez, su propio caso!

Efectivamente, a Norberto Nucagorda podía achacársele más de una cosa, pero no la falta de consecuencia.

Mas toda su vigilancia sobre sí mismo no pudo evitar que, con el tiempo, fuera enflaqueciendo progresivamente y encogiéndose dentro de su formidable envoltura acorazada hasta quedar reducido a un triste montoncito de miseria.

Una noche, oscura como boca de lobo, pues se habían juntado en el cielo nubes negras y amenazaba un temporal, Norberto Nucagorda se había quedado tan flaco y pequeño y, sobre todo, tan cansado y débil, que ya realmente no podía tenerse en pie. Cayó desplomado al suelo; pero hete aquí que la coraza se mantuvo derecha.

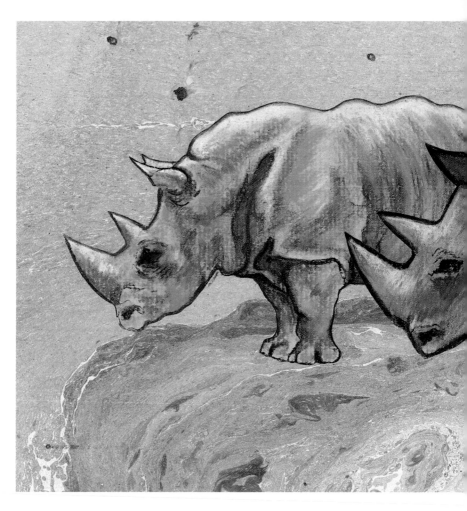

Norberto, o lo que de él quedaba todavía, se salió, sin
más, por la parte inferior de la enorme armadura y
rodó por el bloque de roca. La caída le dolió bastante,
pues, sin coraza, la piel de Norberto era blanda y

estaba desnuda como la de un lechón. Pese a todo, se hallaba contento de haber salido de tal manera, porque el monumento se mantenía y él, al fin y al cabo, podía comer.

—¡Lástima —iba diciendo para sí— que esté tan oscuro! Me gustaría ver el aspecto que ofrezco allí arriba.

En ese instante cayó el primer rayo de la tormenta e iluminó la estepa por brevísimo tiempo con una claridad de pleno día. Y Norberto miró arriba, en la roca, algo que jamás hasta entonces había visto, dado que en la estepa africana no existen espejos. Divisó allí, verdaderamente, a su peor enemigo.

—¡Socorro! —gritó con voz estridente. Y con el pavor se olvidó de que tenía hambre y de que estaba cansado, y salió corriendo con toda la rapidez que le permitían sus endebles patitas; corrió, desnudo como

estaba, por la estepa, por el desierto, por la selva
virgen, y no dejó ya de correr, pues, como todos los
demás animales, también él quería llegar ahora a un
país donde hallarse a seguro: a seguro de sí mismo.

¿Qué habrá sido de él? ¡Quién sabe!...
Quizá sigue corriendo todavía por el mundo; pero,
quizá también, ha hallado entre tanto en alguna parte
el país que buscaba y ha comenzado una nueva vida.
Sin coraza. Quien se encuentre alguna vez con un
rinoceronte desnudo, que se lo pregunte.

Ahora queda sólo por contar que todos los animales, en el curso del tiempo, retornaron a sus tierras así que cundió la noticia de que el monumento estaba hueco. Por lo demás, conviene saber que no lo derribaron. Lo dejaron en pie para todas las generaciones venideras. A título de aviso.